Dirección editorial: María Jesús Gil Iglesias
Colección dirigida por Marinella Terzi

© Del texto: Luisa Villar Liébana, 2000
© De las ilustraciones: Bárbara Perdiguera, 2000
© Ediciones SM, 2000
   Joaquín Turina, 39 - 28044 Madrid

Comercializa: CESMA, SA - Aguacate, 43 - 28044 Madrid

ISBN: 84-348-7052-5
Depósito legal: M-4784-2000
Fotocomposición: Grafilia, SL
Impreso en España / *Printed in Spain*
Orymu, SA - Ruiz de Alda, 1 - Pinto (Madrid)

No está permitida la reproducción total o parcial de este libro, ni su tratamiento informático, ni la transmisión de ninguna forma o por cualquier medio, ya sea electrónico, mecánico, por fotocopia, por registro u otros métodos, sin el permiso previo y por escrito de los titulares del *copyright*.

El ogro que siempre estaba muy enfadado
Luisa Villar Liébana

Ilustraciones de Bárbara Perdiguera

ediciones **sm** Joaquín Turina, 39 28044 Madrid

Pues…
un ogro tenía muy mal humor.
En el colegio siempre se enfadaba
y sus compañeros no sabían
qué hacer.

Si el profesor lo felicitaba
por ser un alumno ordenado,
se enfadaba.

Si el profesor le llamaba
la atención por desordenado,
se enfadaba mucho más.
Y decía que estaba tan enfadado
que... ¡brrriiig!,
abriría la boca
y se tragaría medio mundo.

Algunos niños se asustaban,
pues ya se sabe que los ogros,
cuando se enfadan mucho
y abren la boca,
pueden tragarse cualquier cosa.

Un día,
sus compañeros lo invitaron
a jugar en el recreo.
 El ogro dijo que
¿cómo se atrevían a hablarle?
Estaba tan enfadado que...
¡brrriiig!

    Entonces,
los niños pensaron
que lo mejor sería
preguntarle por qué
estaba siempre de tan mal humor.
Y lo hicieron.
Pero...
el ogro se rascó la cabeza
y quedó pensativo
sin saber qué responder.

Las cosas así,
los alumnos decidieron
acompañarlo a su casa
y preguntárselo a la ogresa.

Caminaron por el bosque,
pues todo el mundo sabe
que los ogros viven
en bosques frondosos
y que sus casas están rodeadas
de frondosos árboles.

Mientras caminaban,
silbaron una canción.
Y, por primera vez,
el pequeño ogro no se enfadó.

Cuando llegaron a la casa,
la ogresa estaba lavando ropa.
Lavando y lavando.
No dejaba de lavar
montañas de ropa.

Estaba muy enfadada.
Y, al ver a los alumnos,
se enfadó, ¡brrroooog!,
mucho más.

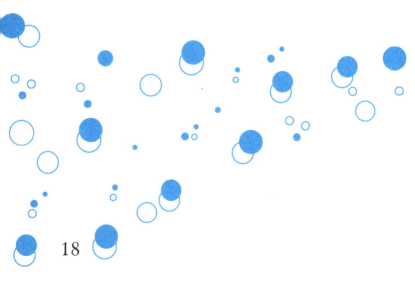

Los niños le preguntaron
por qué estaba tan enfadada.
Y ella dijo que estaba muy,
pero que muy enfadada.

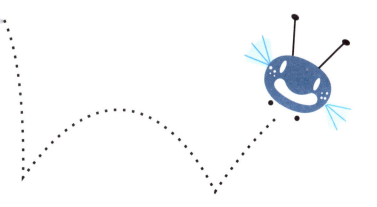

Pero...
¿por qué se enfadaba tanto?,
volvieron a preguntar los niños.

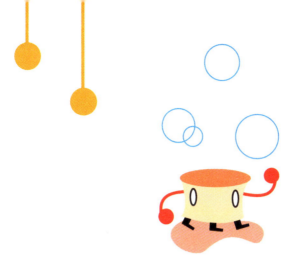

La ogresa se quedó en silencio
y, rascándose la cabeza,
no supo qué responder.
　Ahora que lo pensaba,
no sabía por qué
siempre había estado tan enfadada.
Quizá porque el ogro grande
siempre estaba tan enfadado
como ella.

O más,
mucho más.
En realidad,
el ogro grande,
¡brrroooog!,
siempre estaba enfadadísimo.

Los niños dijeron que,
si no tardaba mucho
en llegar el ogro grande,
se quedarían a esperarlo.
Tal vez él sí pudiera explicarles
por qué los ogros se enfadaban tanto.

A la ogresa le gustó la idea.
Así ella también se enteraría
de la causa
de tan terribles enfados.

Mientras llegaba el ogro grande,
para no aburrirse,
los niños decidieron
arreglar el jardín.
Estaba tan enmarañado
que no se veía nada,
sólo una maraña de bosque.

La señora ogresa miraba
por la ventana.
Y, aunque no dejaba de lavar,
pensaba que el jardín
estaba quedando muy bonito.
Y que los silbidos de los niños
sonaban muy agradables.

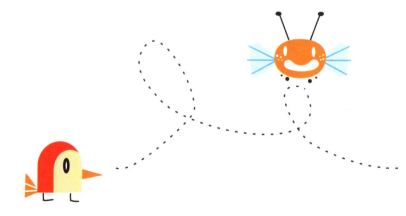

Entonces,
llegó el ogro grande.
¡Brrruuuug!
¡Qué enfadado estaba!
¡Tan enfadado que,
si abría la boca,
era capaz de tragarse medio mundo!
Los niños le preguntaron
por qué estaba tan enfadado.
Y el ogro,
lejos de responder,
se enfadó mucho más.
Ahora sí que estaba
verdaderamente enfadado.

Abrió la boca
y empezó a tragar.
Se tragó cuatro platos
y dos fuentes,
cuatro sillas
y la antena de la televisión.

Porque,
como todo el mundo sabe,
los ogros,
si se enfadan mucho
y abren la boca,
son capaces de tragarse medio mundo.

Pero la ogresa dijo
que ya estaba bien de tragar.
Que todos allí querían saber,
y ella también,
por qué los ogros estaban siempre
tan enfadados.

Y que,
o lo decía en aquel momento,
o no estaba dispuesta
a enfadarse nunca más.

El ogro se quedó pensativo.
Había que dar una respuesta.
Quedó pensativo y silencioso
y se rascó la cabeza.

Pues...
¡Pues ya lo tenía!
Los ogros estaban siempre
tan enfadados
¡porque eran ogros!

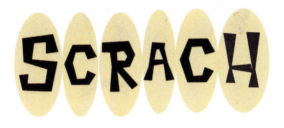

Y... ¡brrruuuug!,
siempre había ocurrido así.

Desde los tiempos más remotos.
Desde que él recordaba,
los ogros habían estado siempre
de muy mal humor.

Los niños también se quedaron
pensativos.

Uno de ellos dijo:

—A lo mejor
es cuestión de cambiar el chip.

BRUUUG

¿Cambiar el chip?
Los ogros no sabían
cómo cambiar el chip.
Pero, en realidad,
el ogro pequeño ya había empezado
a cambiarlo.
Desde que había aprendido a silbar,
no dejaba de hacerlo.
Y mientras silbaba,
no se enfadaba.

Los niños recomendaron a la ogresa
ir a la peluquería Lulú,
especialista en cortes y rizos,
pues tenía el pelo bastante tieso.
La ogresa siguió el consejo
y fue a la peluquería.

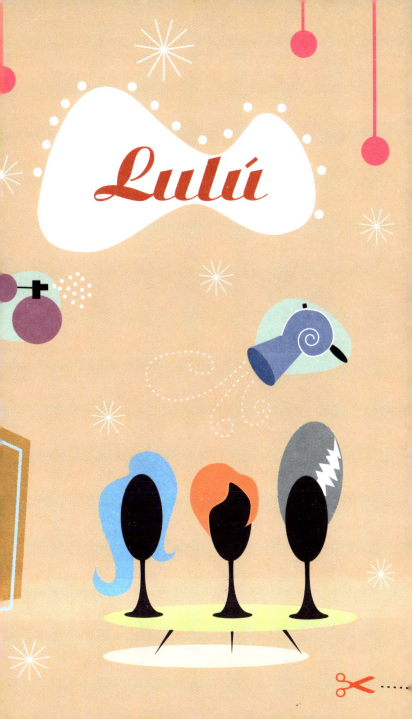

Y, después,
decidió comprarse una lavadora.

No estaba bien
pasarse todo el día lavando,
ahora que se veía tan mona
en el espejo.

El ogro grande se compró una barca.
Como los niños
habían desenmarañado el jardín
y había aparecido un estanque,
durante su tiempo libre
paseaba por él en la barca.

Y... ¡brrruuuug!
¡Brrruuuug! ¡Brrruuuug!
Estaba tan ocupado
divirtiéndose en su barca,
que le costaba trabajo
enfadarse.

Y el pequeño ogro aprendió
a silbar a la perfección,
pues era lo que más le gustaba.
Y nunca más se enfadó.
Porque había cambiado el chip.
Completamente.

Los niños merendaban
un día a la semana
en casa de los ogros.

La ogresa les preparaba
una rica tarta
de frutos del bosque.

60

Pues,
como todo el mundo sabe,
las casas de los ogros se encuentran
en los bosques frondosos,
rodeadas de frondosos árboles.
Y el bosque da frutos muy ricos.
  Algunas tardes,
el profesor merendaba con ellos.

   Y así fue como
esta familia de ogros,
que tanto se enfadaban
porque eran ogros,
¡acabó cambiando el chip!

EL BARCO DE VAPOR

SERIE BLANCA (primeros lectores)

1 / Pilar Molina Llorente, **Patatita**
2 / Elisabeth Heck, **Miguel y el dragón**
5 / Mira Lobe, **El fantasma de palacio**
6 / Carmen de Posadas, **Kiwi**
7 / Consuelo Armijo, **El mono imitamonos**
8 / Carmen Vázquez-Vigo, **El muñeco de don Bepo**
9 / Pilar Mateos, **La bruja Mon**
12 / Gianni Rodari, **Los enanos de Mantua**
13 / Mercè Company, **La historia de Ernesto**
14 / Carmen Vázquez-Vigo, **La fuerza de la gacela**
15 / Alfredo Gómez Cerdá, **Macaco y Antón**
18 / Dimiter Inkiow, **Matrioska**
20 / Ursula Wölfel, **El jajilé azul**
21 / Alfredo Gómez Cerdá, **Jorge y el capitán**
22 / Concha López Narváez, **Amigo de palo**
25 / Mira Lobe, **Abracadabra, pata de cabra**
27 / Ana María Machado, **Camilón, comilón**
30 / Joles Sennell, **La rosa de san Jorge**
31 / Eveline Hasler, **El cerdito Lolo**
32 / Otfried Preussler, **Agustina la payasa**
33 / Carmen Vázquez-Vigo, **¡Voy volando!**
36 / Ricardo Alcántara, **Gustavo y los miedos**
37 / Gloria Cecilia Díaz, **La bruja de la montaña**
38 / Georg Bydlinski, **El dragón color frambuesa**
39 / Joma, **Un viaje fantástico**
40 / Paloma Bordons, **La señorita Pepota**
41 / Xan López Domínguez, **La gallina Churra**
43 / Isabel Córdova, **Pirulí**
44 / Graciela Montes, **Cuatro calles y un problema**
45 / Ana María Machado, **La abuelita aventurera**
46 / Pilar Mateos, **¡Qué desastre de niño!**
48 / Antón Cortizas, **El lápiz de Rosalía**
49 / Christine Nöstlinger, **Ana está furiosa**
50 / Manuel L. Alonso, **Papá ya no vive con nosotros**
51 / Juan Farias, **Las cosas de Pablo**
52 / Graciela Montes, **Valentín se parece a...**
53 / Ann Jungman, **La Cenicienta rebelde**
54 / Maria Vago, **La cabra cantante**
55 / Ricardo Alcántara, **El muro de piedra**
56 / Rafael Estrada, **El rey Solito**
57 / Paloma Bordons, **Quiero ser famosa**
58 / Lucía Baquedano, **¡Pobre Antonieta!**
59 / Dimiter Inkiow, **El perro y la pulga**
60 / Gabriela Keselman, **Si tienes un papá mago.**
61 / Rafik Schami, **La sonrisa de la luna**
62 / María Victoria Moreno, **¿Sopitas con canela?**
63 / Xosé Cermeño, **Nieve, renieve, requeteniev**
64 / Sergio Lairla, **El charco del príncipe Andreas**
65 / Ana María Machado, **El domador de mortruos**
66 / Patxi Zubizarreta, **Soy el mostooo...**
67 / Gabriela Keselman, **Nadie quiere jugar comigo**
68 / Wolf Harranth, **El concierto de flauta**
69 / Gonzalo Moure, **Nacho Chichones**
70 / Gloria Sánchez, **Siete casas, siete brujas y huevo**
71 / Fernando Aramburu, **El ladrón de ladrillos**
72 / Christine Nöstlinger, **¡Que viene el hombre negro!**
73 / Eva Titus, **El ratón Anatol**
74 / Fina Casalderrey, **Nolo y los ladrones de le**
75 / M.ª Teresa Molina y Luisa Villar, **En la luna Valencia**
76 / Una Leavy, **Tomás no quiere zapatos**
77 / Isabel Córdova, **Pirulí en el zoo**
78 / Fina Casalderrey, **Pimpín y doña Gata**
79 / Gloria Sánchez, **La casa de cristal del señ Clin**
80 / Ana María Machado, **Currupaco Papaco**
81 / Rindert Kromhout, **Un ladrón en casa**
82 / Enrique Pérez Díaz, **Minino y Micifuz son grandes amigos**
83 / Luisa Villar, **El ogro que siempre estaba enfadado**